Comentarios de los n
acerca de *La casa del árbol*®

"¡Oh, cielos... esta colección es
realmente emocionante!".
—Christina

"Me encanta la serie La casa del árbol.
Me quedo leyendo toda la noche. ¡Incluso
en época de clases!".
—Peter

"Annie y Jack han abierto una puerta al
conocimiento para todos mis alumnos.
Sé que esa puerta seguirá abierta durante
todas sus vidas".
—Deborah H.

"Como bibliotecaria, siempre veo a muchos jóvenes
lectores preguntar felices por el siguiente libro de
la serie La casa del árbol".
—Lynne H.

LA CASA DEL ÁRBOL® #39
MISIÓN MERLÍN

Día negro en el fondo del mar

Mary Pope Osborne

Ilustrado por Sal Murdocca
Traducido por Marcela Brovelli

LECTORUM PUBLICATIONS, INC.

Para Elyot y Beatrice Harmston

For information regarding permission, contact
Lectorum Publications, Inc., 205 Chubb Avenue, Lyndhurst, NJ 07071.

Library of Congress Cataloging-in-Publication data
Names: Osborne, Mary Pope, author. | Murdocca, Sal, illustrator. | Brovelli, Marcela, translator.
Title: Día negro en la profundidad del mar / Mary Pope Osborne ; ilustrado por Sal Murdocca ; traducido por Marcela Brovelli.
Other titles: Dark day in the deep sea. English.
Description: Lyndhurst, NJ : Lectorum Publications, Inc., [2018] | Series: Casa del arbol ; #39 | "Mision Merlin." | Originally published in English: New York : Random House, 2008 under the title, Dark day in the deep sea. | Summary: When eight-year-old Jack and his seven-year-old sister, Annie, join a group of nineteenth-century explorers aboard the H.M.S. Challenger, they learn about the ocean, solve the mystery of its fabled sea monster, and gain compassion for their fellow creatures.
Identifiers: LCCN 2018003889 | ISBN 9781632456823
Subjects: | CYAC: Oceanography--Fiction. | Challenger (Ship : 1872-1876)--Fiction. | Compassion--Fiction. | Time travel--Fiction. | Magic--Fiction. | Tree houses--Fiction. | Brothers and sisters--Fiction. | Spanish language materials.
Classification: LCC PZ73 .O747215 2018 | DDC [Fic]--dc23 LC record available at https://lccn.loc.gov/2018003889

....

ISBN 978-1-63245-682-3
Printed in the U.S.A
10 9 8 7 6 5 4 3 2 1

ÍNDICE

Queridos lectores:

Durante tres años de mi niñez, viví con mi familia junto al mar. Las ventanas de nuestra casa siempre estaban cubiertas de agua salada por el choque de las olas contra las rocas, justo debajo de la casa. Ustedes pensarán que pasé todos los veranos jugando en el agua, pero lamentablemente, el mar me aterraba. Estaba convencida de que las criaturas acuáticas iban a atraparme, picarme, golpearme, morderme o ahogarme. ¡A veces tanta imaginación puede traer problemas!

Así y todo, me esforcé mucho para vencer mis miedos. Hasta llegué a meterme al agua con zapatillas, dando un paso a la vez. Me gustaría contarles que un día tuve el coraje de zambullirme pero no, solo llegué a meterme hasta las rodillas.

Ya grande me di cuenta de que, muy probablemente, las criaturas del mar tendrían más temor de mí que yo de ellas. Consciente de esto, ya no tuve miedo y me animé a bucear en el Caribe y a nadar con delfines en la costa mexicana. Mi temor a la vida acuática fue reemplazado por un gran disfrute y respeto. Espero que, al terminar este libro, ustedes sientan lo mismo.

Mary Pope Osborne

"Cuando el mar nos hechiza,
nos deja atrapados en su magia para siempre".

—Jacques Cousteau

Prólogo

Un día de verano, en el bosque de Frog Creek apareció una misteriosa casa en la copa de un árbol. Muy pronto, los hermanos Annie y Jack se dieron cuenta de que la pequeña casa era mágica. En ella podían ir a cualquier lugar y época de la historia, ya que la casa pertenecía a Morgana le Fay, una bibliotecaria mágica del legendario reino de Camelot.

Luego de muchas travesías encomendadas por Morgana, Annie y Jack vuelven a viajar en la casa del árbol en las "Misiones Merlín", enviados por dicho mago. Con la ayuda de dos jóvenes hechiceros, Teddy y Kathleen, Annie y Jack visitan cuatro lugares *míticos* en busca de objetos muy valiosos para salvar el reino de Camelot.

En sus cuatro siguientes Misiones Merlín, Annie y Jack viajan a sitios y períodos reales de la historia: Venecia, Bagdad, París y la ciudad de Nueva York. Tras demostrarle al Mago que ellos son capaces de hacer magia sabiamente, Merlín los premia con la poderosa Vara Mágica de Dianthus, como ayuda extra para que hagan su *propia* magia.

En sus dos últimas aventuras, Teddy y Kathleen les dijeron a Annie y a Jack que Merlín estaba muy triste y enfermo, y que Morgana quería enviarlos en busca de cuatro secretos de la felicidad para que los compartieran con Merlín.

Una vez más, Annie y Jack esperan el regreso de la casa del árbol para cumplir la tercera misión y ayudar a Merlín...

CAPÍTULO UNO

De regreso al mar

Jack sintió las primeras gotas de lluvia. Alzó la mirada y vio una oscura nube de tormenta veraniega.

—¡Apúrate! —dijo llamando a Annie.

Iban a su casa en bicicleta, de regreso de la biblioteca. Jack tenía la mochila llena de libros y no quería que se le mojaran.

Mientras pedaleaban a toda velocidad, un enorme pájaro blanco bajó en picado hacia ellos y, luego, voló en dirección al bosque de Frog Creek.

—¿Viste eso? —gritó Jack.

—¡Una gaviota! —contestó Annie en voz alta—. ¡Es una señal!

—Tienes razón —respondió Jack.

La última vez que habían visto una gaviota en Frog Creek, ¡la casa del árbol estaba esperándolos!

—¡Al bosque! —dijo Annie.

Saltaron el borde de la calle con la bicicleta y, bajo una lluvia ya más intensa, pedalearon hacia el bosque, rebotando sobre el terreno irregular, aplastando hojas y ramas con las ruedas.

—¡Será hora de buscar otro secreto de la felicidad para Merlín! —gritó Jack.

—Espero que esté mejor —contestó Annie.

—¡Ojalá que Teddy y Kathleen estén en la casa del árbol! —gritó Jack.

—¡Sí, ojalá! —gritó Annie.

Avanzaron a toda velocidad bajo el follaje mojado. Cuando llegaron al roble más alto, la gaviota había desaparecido. Pero la casa del árbol estaba esperándolos con la escalera colgante balanceándose con el viento.

Annie y Jack se bajaron de las bicicletas y las

apoyaron contra el roble.

—¡Teddy! ¡Kathleen! —gritó Annie.

No hubo respuesta.

—Creo que esta vez no vinieron —comentó Jack.

—¡Qué lástima! —exclamó Annie—. ¡Tenía muchas ganas de verlos!

—¡Buu! —Dos niños, algo mayores que Annie y Jack se asomaron a la ventana de la casa mágica: un niño de pelo rizado y sonrisa amplia, y una niña de ojos azul marino y sonrisa bella. Ambos llevaban túnicas de color verde.

—¡Yupi! —gritaron Annie y Jack.

Mientras subían por la escalera colgante, empezó a llover más fuerte. Cuando entraron en la casa, se quitaron los cascos y abrazaron a Teddy y a Kathleen.

—Morgana nos pidió que les contáramos acerca de la próxima misión para Merlín —explicó Teddy.

—¿Cómo *está* él? —preguntó Annie.

Teddy se puso serio y sacudió la cabeza.

—Aún sufre por una pena secreta —añadió Kathleen entristecida.

—¿Cuándo podremos verlo? —preguntó Annie.

—Ya tenemos dos secretos de la felicidad para él —agregó Jack.

—Podrán visitarlo después de aprender dos secretos más —dijo Kathleen—. Según Morgana, el cuatro es el número mágico que asegurará el éxito.

—Vinimos a enviarlos en busca del tercer secreto —comentó Teddy.

Kathleen sacó un libro de debajo de su túnica y se lo dio a sus amigos.

—Se lo envía Morgana —dijo.

En la tapa, se veían las olas del mar rompiendo sobre una playa.

—¡Vaya! —exclamó Jack agarrando el libro—. ¿Iremos al océano?

—Sí —contestó Teddy—. Allí buscarán el próximo secreto de la felicidad.

—El mar me hace feliz —comentó Annie—. Una vez, Jack y yo viajamos a una barrera de coral y nadamos con delfines. Y también nos topamos con un pulpo, pero era amigable y asustadizo y...

—Pero el tiburón que vimos no era tan amigable —interrumpió Jack—. Era un cabeza de martillo gigante.

—¡Oh, cielos! —exclamó Kathleen.

—Y dimos un paseo en un mini submarino —añadió Annie—. ¡Fue grandioso!

—Hasta que empezó a entrar agua y... —agregó Jack.

—¡Y tuvimos que escapar! —dijo Annie.

—Sí —exclamó Jack—, pero sin movernos mucho para que el tiburón no nos detectara.

—¡Nos divertimos tanto! —dijo Annie.

—Espero que en este viaje no se topen con la

misma *diversión* —añadió Kathleen con una sonrisa.

—En caso de que sí, pueden contar con su Vara de Dianthus, ¿no es así? —dijo Teddy.

—Por supuesto —contestó Jack—. Siempre la llevo conmigo por si acaso.

Abrió la mochila y sacó la vara plateada, parecida al cuerno de los unicornios.

—¿Recuerdan las tres reglas? —preguntó Kathleen.

—Seguro —dijo Jack—. Para que funcione hay que pedir un deseo de cinco palabras.

—Tenemos que hacer todo lo que esté a nuestro alcance antes de recurrir a la vara —continuó Annie.

—Y sólo podremos usarla por el bien de los demás, no por el nuestro —agregó Jack.

—Exacto —confirmó Teddy.

—¿Quiénes serán "los demás" esta vez? —preguntó Annie—. ¿Quizá ustedes, amigos?

—Me temo que no —respondió Kathleen—. Deberán encontrar el secreto por su cuenta.

—Estén atentos —recomendó Teddy.

—Y escuchen a su corazón —aconsejó Kathleen.

—De acuerdo —contestó Annie—. Al regresar les contaremos todo.

Jack señaló la tapa del libro del océano y un relámpago iluminó el bosque.

—¡Deseamos ir a este lugar! —dijo.

Se escuchó un trueno en el cielo oscuro. El viento sopló con más fuerza.

La casa del árbol empezó a girar.

Más y más rápido cada vez.

Después, todo quedó en silencio.

Un silencio absoluto.

CAPÍTULO DOS

¿Otra vez piratas?

Cuando Jack abrió los ojos, Teddy y Kathleen ya no estaban. La neblina enturbiaba el aire cálido.

Annie y Jack se asomaron por la ventana. La casa mágica había aterrizado en un árbol alto, de ramas interminables. La niebla era tan espesa que no dejaba ver nada. Pero Jack oyó el graznido de una gaviota y el ruido del mar. Sintió olor a sal y a algas marinas.

—El océano está cerca —dijo Annie—. ¿Lo oyes?

—Lo oigo y lo huelo —contestó Jack.

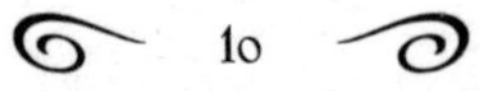

—¡Vamos a jugar con las olas! —dijo Annie, sacándose las zapatillas y los calcetines.

—*¿Jugar?* —preguntó Jack—. Vinimos a buscar otro secreto de la felicidad.

—¡Jugar en el mar me hace feliz! —Annie empezó a bajar por la escalera colgante.

"Seguramente, nuestra misión no es tan sencilla como eso", pensó Jack.

Sacó los libros de la biblioteca de la mochila y guardó allí el del océano.

—¡Apúrate! —dijo Annie.

Jack se colgó la mochila y bajó detrás de ella. Luego, caminó por el terreno neblinoso.

—¡Vamos! —insistió Annie.

Ambos siguieron el sonido de las olas y las aves marinas. Avanzando entre helechos tupidos, subieron a la cima de una duna empinada. Jack contempló el romper de las olas sobre la extensa playa de arena. El mar seguía cubierto por una niebla gris.

—¡Qué lindo! —exclamó Annie.

—¡Sí! —gritó Jack.

—Vamos, Jack —sugirió Annie.

Ambos bajaron de la duna corriendo hasta la playa. Mientras Annie se metía en el agua, Jack permaneció en la orilla y sacó el libro de su mochila para investigar.

—Escucha esto, Annie —gritó.

Y leyó en voz alta:

El agua cubre las tres cuartas partes de la Tierra. La mayor parte del océano es una planicie inmensa con un poco más de dos millas de profundidad, pero algunas fosas oceánicas miden más de seis millas de profundidad.

—¿Más de seis millas? —preguntó Annie, golpeando el agua con las manos—. ¡No puedo creerlo! ¡Esa es la distancia entre la casa de la tía Libby y la nuestra!

—Lo sé —dijo Jack, y siguió leyendo:

El océano es el hogar de miles y miles de criaturas diferentes. Muy lejos de la

superficie del mar, también hay volcanes y montañas.

—¿Montañas y volcanes? —preguntó Annie—. ¿Debajo del agua?

—Eso dice acá —dijo Jack—. El océano es un mundo desconocido para todos.

—Bueno, no para *algunos* —comentó Annie—. Alguien escribió ese libro.

"Bien dicho", pensó Jack.

—Deja el libro y ven al agua, Jack —dijo Annie—. ¡Está saliendo el sol!

Jack miró hacia arriba. El sol se abría paso entre la niebla, calentando el día.

—¡Vayamos a nadar! —sugirió Annie al zambullirse.

Jack guardó el libro, dejó la mochila sobre la arena y se metió en el mar.

—¡¿Espectacular, no?! —gritó Annie.

—Sí —contestó Jack hundiendo los pies en la suave arena, con el agua fresca tocándole las pantorrillas. El sol le acariciaba la cara.

—Nademos mar adentro —sugirió Annie—. Tal vez el secreto esté en la profundidad.

—¿Cómo haremos para sumergirnos sin un submarino? —preguntó Jack.

—La vara —exclamó Annie—. Podría convertirnos en peces o algo parecido.

Jack cerró los ojos e imaginó la oscura profundidad del mar, llena de criaturas extrañas.

—Sólo podremos usarla cuando hayamos hecho todo lo que esté a nuestro alcance. Y todavía no hemos hecho nada —comentó.

—Es verdad —dijo Annie—. ¡Y además, sólo hay que usarla por el bien de los demás!

—Así que primero tenemos que encontrar a los demás —añadió Jack, con los ojos aún cerrados.

—Jack, no vas a creerlo —dijo Annie.

—¿Qué pasa? —preguntó él distraído.

—¡Mira...! —insistió Annie.

Jack suspiró y abrió los ojos. La niebla se había disipado un poco y el día estaba más claro y más caluroso.

—¡Creo que ya encontramos a los demás! —comentó Annie, señalando hacia el mar.

Jack se protegió del reflejo del sol y echó un vistazo. A la distancia vio un barco con tres mástiles altísimos.

—Uf..., ese barco es muy antiguo —comentó sorprendido.

—Sí... ¿recuerdas cuando nos topamos con el barco pirata? —preguntó Annie—. Este es muy parecido, ¿no?

—¡No puede ser! —exclamó Jack—. *¡¿Otra vez piratas?!*

—¡Mira! ¡Están bajando un bote del barco! —dijo Annie.

—Oh, cielos... ¿qué irá a pasar? —exclamó Jack.

—Viene hacia acá —agregó Annie—. Justo como la otra vez, ¿lo recuerdas? Los piratas vinieron hasta la orilla y empezaron a perseguirnos. ¿Recuerdas a Meñique y a Maloliente y al Capitán Parche?

—No te asustes —dijo Jack aterrado, corriendo hacia la orilla.

—¿Qué hacemos? —preguntó Annie siguiendo a Jack.

—¡Vayamos a la casa del árbol! —contestó él agarrando la mochila.

—Pero los piratas subieron a la casa —dijo Annie—. Meñique y Maloliente nos encontraron…

—¡Olvídate de ellos! —dijo Jack—. Salgamos de aquí.

Corriendo con todas sus fuerzas, subieron por la duna y atravesaron el bosque de helechos hasta llegar a la escalera colgante.

—¡Sube, Annie! —gritó él.

Rápidamente, entraron en la casa mágica.

—¡Levantemos la escalera! —dijo Jack— ¿Dónde está el libro de Pensilvania? —preguntó mirando para todos lados, en busca del libro que siempre los llevaba a casa. Al verlo, lo agarró y buscó el dibujo de Frog Creek.

—¡Espera, Jack! ¡Espera! ¡No pidas el deseo! —suplicó Annie asomada a la ventana. Miraba con asombro a tres hombres que había en el bote y se acercaban a la costa.

Dos de ellos saltaron del bote y empezaron a arrastrarlo hacia la orilla. Estaban vestidos de blanco, llevaban puestos unos chalecos enormes y abultados por encima de la camisa de mangas amplias. También llevaban puestas gorras redondas y pantalones recogidos hasta las rodillas.

—Esos no se parecen a Meñique y Maloliente —comentó Annie.

—Tienes razón —dijo Jack—. Los piratas nunca tienen la ropa tan limpia.

—Y mira al otro hombre —dijo Annie.

El tercer hombre se bajó del barco con una red de cazar mariposas en la mano. Al sacarse el chaleco, pudo verse que llevaba un traje muy antiguo, con un lacito al cuello.

—*Definitivamente*, no es un pirata —comentó Annie.

—No —añadió Jack—. Da la impresión de que nunca en su vida ha estado en un barco.

Mientras los dos marineros arrastraban la pequeña embarcación, el hombre de traje agarró un palo y empezó a mover las matas de algas marinas.

—¿Qué hace? —preguntó Jack.

El hombre tiró el palo y levantó algo de la arena. Se quedó observándolo un buen rato y, luego, sacó un pequeño libro del bolsillo y se puso a escribir.

—¿Quién es? —preguntó Jack.

—No lo sé —contestó Annie—. Pero algo sí es seguro: los piratas no llevan redes para cazar mariposas ni toman notas.

—Tienes razón —dijo Jack apartando el libro de Pensilvania—. Entonces, ¿qué sucede?

CHALLENGER

—Vayamos a averiguarlo —sugirió Annie soltando la escalera colgante.

Jack agarró la mochila y siguió a su hermana. Una vez abajo, corrieron descalzos por la arena caliente y a través de los robustos helechos. Subieron a la duna, y desde allí, miraron hacia abajo. Los tres hombres seguían en la orilla del mar, mientras el gran barco esperaba mar adentro.

—Eh, mira, se ve bien el nombre del barco —comentó Annie.

Jack espió a través de la neblina y leyó HMS *Challenger*.

—Lo buscaré —susurró. Agarró el libro y buscó en el índice—. ¡Acá está!

El HMS *Challenger*, era un navío de la fuerza naval británica, el primero del mundo que se dedicó a realizar una expedición científica.

—¡Cielos! —exclamó Jack, sin sacar los ojos del libro—. ¡Esto es genial!

—¡Sí! ¡Sigue leyendo! —dijo Annie en voz baja.

Jack continuó:

Desde el año 1872 hasta 1876, el HMS *Challenger* circundó la Tierra explorando la oscura profundidad del océano con una tripulación de 200 marineros y seis científicos.

—Entonces, aterrizamos en los setentas, pero del siglo XIX —dijo Jack, mirando a Annie.

—Y el hombre de la red debe de ser uno de los científicos —agregó ella—. ¡Ven, Jack, vamos a conocerlo!

Antes de que él pudiera detenerla, Annie bajó corriendo por la duna.

—¡Eh, muchachos! —llamó agitando los brazos—. ¡Hola!

Los tres hombres se dieron vuelta de golpe. Con los ojos desorbitados y la boca abierta, se quedaron mirando a Annie como si ella fuera un fantasma.

CAPÍTULO TRES

Una criatura llamada Henry

Jack metió el libro en la mochila y corrió detrás de su hermana.

—Hola —les dijo a los tres hombres que seguían boquiabiertos.

—¿Qui-quiénes *son* ustedes? —balbuceó uno de los marineros.

Annie y Jack se acercaron a ellos.

—Yo soy Jack y ella es mi hermana, Annie —contestó Jack.

El hombre de traje dio un paso adelante. Tenía bigotes y una sonrisa amigable.

—Mi nombre es Henry —dijo—. Vine a la costa a buscar mariposas, plantas y conchas exóticas. Pero en cambio, encontré una criatura extraña llamada Annie-y-Jack.

—Y nosotros encontramos una llamada Henry —añadió Annie, sonriendo con picardía—. Así le pusimos de nombre a un pterodáctilo, cuando fuimos a la era de los dinosaurios.

—¿Cómo? —exclamó Henry.

—Eh..., era una broma —añadió Jack.

—Qué humor tan inusual —contestó Henry con brillo en los ojos—. Bueno, no sólo han encontrado a un Henry, sino también a un Joe y a un Tommy, los dos excelentes marineros que me trajeron hasta aquí.

—Hola, Joe y Tommy —dijo Annie sonriendo entusiasmada.

Pero ninguno de ellos devolvió el saludo, mucho menos la sonrisa.

—¿De dónde son? —preguntó Joe con desconfianza.

—De Frog Creek, Pensilvania —contestó Annie.

—¿Dónde queda eso? —preguntó Tommy.

—En América —agregó Jack.

—¡Qué bonito! —exclamó Henry—. ¿Qué hacen aquí?

—Eh, nosotros... estamos de vacaciones —respondió Annie—. Acampamos con mi familia por acá cerca... —añadió vagamente.

—¿Vacaciones? —preguntó Henry.

—A nuestros padres les agrada vacacionar en lugares tranquilos —explicó Annie.

—¡Americanos! —Henry rió entre dientes.

—¿Usted es uno de los científicos del HMS *Challenger?* —preguntó Jack, ansioso por cambiar de tema.

—Sí, ¿por qué? —preguntó Henry—. Soy del equipo que intenta descubrir los misterios de las profundidades.

A Jack le encantó oír eso: "los misterios de las profundidades".

—¿Cuáles son los que han resuelto hasta ahora? —le preguntó.

—Bueno, en primer lugar, aprendimos que el lecho del océano desborda de vida —explicó Henry.

—Pero, ¿aún no lo sabían? —preguntó Annie.

—Pensábamos que era así —respondió Henry—, pero la mayoría de la gente ni siquiera imagina que en la fría y oscura profundidad del océano haya vida. De hecho, algunos todavía creen que ni siquiera hay lecho, que el océano es infinito.

—¿Hablas en serio? —preguntó Annie—. Ah, y seguro querrás contarles que su profundidad promedio apenas sobrepasa las dos millas. Por supuesto, hay fosas que miden más de seis millas, pero...

—Annie... —exclamó Jack.

—Cielos, sabes mucho acerca del tema —comentó Henry mirando a Annie con curiosidad.

—Y también sé que allí abajo hay volcanes y montañas —agregó Annie.

Jack se acercó a ella y por lo bajo le dijo:

—Ya deja de presumir.

—Bueno... Quiero decir, *quizá*... —añadió Annie—. Obviamente sólo eran suposiciones.

—Eres muy buena suponiendo —comentó Henry—. En nuestro viaje hemos recogido numerosas rocas volcánicas del fondo del océano.

—¡Genial! —exclamó Annie—. ¿Y cómo las recogieron? ¿En un mini-submarino?

—¿Mini-submarinos? —preguntó Henry.

—Claro, sirven para llegar a la profundidad del océano —explicó Annie.

—¡Annie! —dijo Jack entre dientes, con una mirada de ¡ya basta! Él sabía que los mini-submarinos aún no se habían inventado así que cambió de tema. —Y también estudian las conchas y las mariposas, ¿verdad?

—Así es —contestó Henry—. De hecho, fui a la orilla en busca de una concha poco conocida y creo que encontré un ejemplar de la familia.

Abrió su libro para mostrar un dibujo de la concha.

—¿Te gustaría que te ayudáramos a buscar más conchas? —preguntó Annie.

—Gracias, pero, ¿por qué? —preguntó Henry—. Ya encontré lo que vine a buscar. Ahora, regresaremos al barco.

—Ay, *por favor*, ¿podemos visitar el HMS *Challenger?* —balbuceó Annie.

—De ninguna manera —contestó Joe.

—Bueno, creo que… —añadió Henry.

—Señor, el capitán *jamás* permitiría niños a bordo —interrumpió Tommy—. ¡Va en contra de las reglas!

Henry miró a Jack y a Annie. Jack no quería romper ninguna regla, pero también tenía muchas ganas de visitar el barco.

—En realidad, nos encantaría aprender más acerca de la exploración marina —comentó con una sonrisa esperanzada.

—No molestaremos a nadie, se lo prometemos —agregó Annie—. Además, a nuestros padres les encanta que aprendamos cosas nuevas.

Henry miró a los marineros.

—Seguramente estos jovencitos tan brillantes

y curiosos serán bienvenidos en el barco —dijo—. Ya que estaremos dragando en la zona todo el día, podríamos traerlos a la costa antes del anochecer.

Joe y Tommy intercambiaron una mirada desaprobadora. Pero al fin, Joe asintió con la cabeza.

—¡Sííí! —exclamó Annie.

—¡Muchas gracias! —dijo Jack—. No causaremos ningún problema, lo prometemos.

—Eso espero —añadió Henry sonriendo—. Joe, Tommy, ¿podrían prestarles sus chalecos salvavidas a nuestros visitantes?

—Jamás les irían bien —dijo Joe.

—Pero debemos hacer lo posible por cuidarlos —comentó Henry.

A regañadientes, los dos marineros se sacaron los aparatosos chalecos.

"Así que estos son los salvavidas de esta época", pensó Jack.

Los chalecos estaban hechos de pequeños bloques de corcho. Cuando Jack trató de ajustarse el suyo, le quedaba colgando y demasiado flojo.

—Me temo que nos quedan demasiado grandes —comentó Henry—. Pero, en caso de que volquemos, igual servirán.

—No se preocupen —dijo Annie—. Somos muy buenos nadadores.

—Debemos irnos, señor —añadió Joe impaciente.

—Sí, sí —respondió Henry—. ¡En marcha!

Joe y Tommy empujaron el bote hasta el agua. Mientras Annie y Jack conversaban con Henry, el mar empezó a agitarse. Unas nubes grises y oscuras tapaban el sol.

—¡Annie, Jack, suban detrás de mí! —dijo Henry.

Jack quiso ponerse la mochila sobre el aparatoso chaleco, pero tuvo que llevarla contra el pecho. Joe y Tommy empujaron el bote hasta aguas más profundas y comenzaron a remar de regreso al barco.

CAPÍTULO CUATRO

¡Fuera del barco!

—¡Tenemos el viento en contra! —gritó Joe mientras remaba con Tommy.

Aunque ya estaban lejos de la orilla donde rompían las olas, estas seguían sacudiendo el bote y salpicándolo todo. Jack estaba empapado, pero mucho más le preocupaba el mareo que empezaba a sentir.

—¡Disculpen, el mar está un poco revuelto! —comentó Henry.

—¡Estamos bien! —contestó Annie.

"¡Pues yo no!", pensó Jack.

Lo último que quería hacer era vomitar, ¡especialmente, delante de Joe y Tommy!

—¡Ojalá lleguemos cuando estén subiendo la pesca de la mañana! —dijo Henry.

—¡Esto es tan divertido! —dijo Annie. Con el vaivén del bote, los ojos le brillaban.

Pero Jack no pensaba lo mismo. Para no marearse, iba abrazado a la mochila con los ojos cerrados, apretando los dientes.

—Todos los días descubrimos algo —comentó Henry—. Frente a la costa argentina, ¡hallamos más de cien especies nuevas! ¡Gusanos gigantes de varios metros de largo! ¡Camarones grandes como langostas! ¡Los capturamos con las redes! ¿Verdad, Joe?

—Ajá —exclamó él moviendo los remos—, ¡pero tendríamos que estar preocupados por la criatura que nunca atrapamos!

—¡¿Qué criatura?! —preguntó Annie.

—El monstruo gigante —respondió Tommy.

Jack abrió los ojos.

—¿Qué? ¿Tiburones? —preguntó.

—No, no, jovencito, hablo de algo peor. Hasta es más peligroso que el tiburón tigre de veinte pies que nos persigue —dijo Tommy parpadeando con nerviosismo.

"¡¿Un tiburón de veinte pies?!", pensó Jack, mirando el agua en busca de una aleta gris.

—¡Sí! ¡Este monstruo es más grande que *cualquier* tiburón! —gritó Joe—. Dicen que es una mezcla entre un dragón y una estrella de mar gigante.

—Yo diría que se parece más a un nido de serpientes flotante, compañero —añadió Tommy estremeciéndose—. ¡Y dicen que es capaz de envolverte hasta estrangularte!

—¿Un nido de serpientes flotante? —preguntó Annie.

Jack tragó saliva y miró a Henry.

—*¿Usted* vio al monstruo? —le preguntó.

El científico sacudió la cabeza.

—Jamás lo vi —dijo—, pero muchos de la tripulación afirman que ayer divisaron algo monstruoso debajo del agua.

—¡No teman, amigos! —dijo Joe—. ¡Si vemos al monstruo le tiraremos con los arpones!

—Y con los cañones —agregó Tommy.

Ambos se echaron a reír.

"Tal vez los marineros del barco solo tratan de asustar a los científicos —pensó Jack esperanzado—. ¿Por qué se habrán reído Joe y Tommy?"

Cuando llegaron al HMS *Challenger*, Jack, blanco por las náuseas, abrazó la mochila con más fuerza.

—¡Tú ve primero, camarada! —le dijo Joe—. Te ves muy pálido.

Jack se puso la mochila bajo el brazo, se agarró de la escalera con firmeza y subió a la cubierta superior del barco. Annie subió detrás de él. Henry, Joe y Tommy los siguieron. Cuando todos estuvieron en la cubierta, los dos marineros subieron el pequeño bote.

CHALLENGER
CHALLENGER
CHALLENGER

El inmenso barco se movía con el viento, pero no tanto como el bote remero. Jack respiró largo y profundo. Observando la cubierta, descubrió a varios marineros que, en grupos, enrollaban sogas gruesas y acarreaban unas cubetas muy extrañas.

Jack quiso preguntarle a Henry por el trabajo de los marineros, pero el científico tenía la atención puesta en un hombre alto de uniforme blanco, y en otro, más corpulento y mayor que el primero, y vestido con un traje oscuro. Ambos, muy molestos, se acercaron a Henry.

—Oh, no —murmuró él—. ¡Estoy perdido!

—¿Quiénes son? —preguntó Annie.

Antes de que Henry respondiera, el hombre de blanco gritó:

—¿Qué ha hecho *esta vez*, señor Moseley?

Jack se acercó a su hermana apretando la mochila contra el chaleco salvavidas.

—Bueno, capitán, yo... —comenzó a decir Henry.

—Mi Dios, ¿y ahora qué has traído, Henry? —dijo el hombre corpulento—. ¿Una criatura de cuatro piernas y cuatro brazos que sacaste del fondo del mar?

—Sí, profesor, este ejemplar americano llamado Annie-y-Jack está vacacionando en la isla —contestó Henry.

El hombre corpulento sonrió.

—Oh, ya veo. Aunque primero pensé que era el monstruo que habían visto ayer.

"¡El monstruo otra vez!", pensó Jack.

—Este barco *no* es un lugar para niños, señor Moseley —replicó el capitán, bruscamente.

—Sí, lo sé, señor —contestó Henry—. Pero estos dos jovencitos son extraordinarios. Casi no parecen niños, son muy independientes y tienen mucho conocimiento acerca del mar. Creí que podíamos traerlos a pasar la tarde y luego llevarlos a la costa.

—Me temo que eso va en contra de las reglas del barco —insistió el capitán.

—No es culpa de Henry, capitán —apuntó Annie—. Nosotros le rogamos que nos dejara visitar el barco.

—Ah, ¿sí? ¿Y para qué? —preguntó el hombre fornido.

—¡Amamos el océano! —respondió Annie.

—Y nos encantaría aprender más acerca de expediciones marinas, señor —explicó Jack.

—¡Bien, están en el lugar correcto! —dijo el hombre—. Permítanme presentarme, soy el profesor Thomson, el director científico del *Challenger*.

—El profesor es el experto en océanos más reconocido del mundo —explicó Henry.

—¡Caramba! —exclamó Annie.

—Bueno, no estoy al tanto de eso —añadió el profesor con modestia, pero descansó los dedos pulgares en el chaleco y empezó a hablar como si estuviera dando una conferencia—. Desde el principio de los tiempos, los secretos de las profundidades han estado ocultos para nosotros, pero con nuestra expedición, hemos aprendido muchas cosas.

—¿Por ejemplo? —preguntó Jack.

—Utilizamos millas y millas de cable de acero para medir la profundidad del mar —comentó el profesor—. También bajamos termómetros para comprobar la temperatura del agua. Pero, tal vez lo más importante de todo es que estamos aprendiendo acerca de las asombrosas criaturas que viven en las regiones más oscuras, las más profundas…

—Eso es muy bueno y adecuado, profesor —interrumpió el capitán—, pero quiero que estos niños se bajen del barco inmediatamente, antes de que el clima empeore. ¿Me oyó, señor, Moseley? ¡Fuera del barco!

CAPÍTULO CINCO

Sedimento oceánico

El capitán se dio vuelta y se alejó.

—Disculpen, amigos, pero el capitán es quien manda—les dijo Henry a Annie y a Jack, mirando a su alrededor—. Joe y Tommy están ayudando a subir la pesca de hoy. En cuanto se desocupen, les diré que los lleven de regreso a la costa. Lo lamento mucho.

—Está bien, hiciste lo que pudiste Henry —dijo Annie.

—Jovencitos, ¿les gustaría ver los especímenes de hoy? —sugirió el profesor.

—¡Seguro! —contestaron los dos.

—¡Bien, vengan conmigo! —dijo el profesor.

Jack caminaba a toda prisa junto a Annie, ansioso por ver qué habían subido del fondo del mar. Ambos siguieron a Henry y al profesor hasta un grupo de marineros que trabajaban recogiendo grandes redes, como bolsas gigantes, con traperos sujetos a la base.

—¿Para qué son esos traperos? —preguntó Annie.

—Barren y levantan animales del lecho del océano —explicó Henry.

—Nosotros los traemos de la oscuridad a la luz del día —agregó el profesor.

—¡Eso debe de asustarlos! —comentó Annie.

Pero, al parecer, el profesor no la oyó.

—Por años hemos recogido miles y miles de especímenes —dijo.

Mientras los marineros tiraban las redes sobre la cubierta, Jack sólo veía barro. Pero, de pronto, en medio del barro, divisó unos peces diminutos de color rosa y amarillo que se retorcían y estrellas de mar de un intenso tono anaranjado.

—¿Algún monstruo, profesor? —preguntó Annie.

—Hoy no, querida —le respondió.

—Sólo bromeaba —añadió Annie—. ¿Usted cree en monstruos?

—Eh, bueno... —El profesor se puso serio—. El océano es muy profundo, querida, cubre casi las tres cuartas partes de la tierra. Así que a veces me pregunto, ¿con tantas especies misteriosas, no habrá también monstruos?

"Buen punto", pensó Jack.

—¡Pero no tengan miedo, niños! —dijo el profesor—. ¡Un día capturaremos a todos los monstruos y los estudiaremos! ¡De la mano del conocimiento, venceremos nuestros miedos! ¿No es así, Henry?

—Sí, señor —contestó él.

—Vencer los miedos a través del conocimiento —repitió su pensamiento, entusiasmado—. Agregaré esto en mis conferencias.

Un trueno se escuchó a lo lejos.

Jack miró hacia arriba. Nubes negras cubrían todo el firmamento. De golpe, una fuerte ráfaga de viento barrió la cubierta.

—¡Atención! —gritó el capitán, dirigiéndose hacia ellos—. ¡Se aproxima una borrasca! Bajen a los niños a la cubierta principal.

—¡Sí, señor! —dijo Henry—. Bueno, amigos, finalmente se quedarán más tiempo.

—¡Sí! —exclamó Annie bajito.

—¡Sólo los que vigilan pueden quedarse aquí! —gritó el capitán—. Los demás, todos abajo.

Mientras Annie y Jack seguían a Henry, empezó a diluviar. La cabeza de Jack, empapada, chorreaba agua sobre la mochila y el chaleco salvavidas. Rápidamente, Henry bajó a sus amigos por unas escaleras empinadas hacia un corredor poco iluminado.

—Nuestro barco antes era un navío de guerra de dieciocho cañones —explicó Henry—. Fue transformado en varios laboratorios oceánicos después de que la marina quitara dieciséis de los cañones para crear espacio. ¿Desean ver el mío?

—¡Ay, sí! —contestó Jack, ansioso por ver un laboratorio oceánico verdadero.

—Síganme —dijo Henry abriendo el cerrojo de la puerta.

Entraron en una habitación amplia y sombría. Sobre el tragaluz del techo, la lluvia golpeaba sin pausa.

Con un fósforo, Henry encendió un par de lámparas de aceite; sobre las paredes comenzaron a danzar las sombras.

Jack sonreía y suspiraba a la vez. Estaba fascinado con todo lo que veía. Sobre varios estantes alineados descansaban cientos de botellas de distintas medidas, llenas con unas pequeñas masas amorfas, flotantes. En medio de la habitación había una mesa de madera con mapas, reglas, termómetros y cuencos con una sustancia viscosa en el interior. También había un gran microscopio.

—¿Les gustaría ver algo excepcional? —preguntó Henry señalando el microscopio.

—¡Ay, sí! —exclamó Annie—. ¡Caramba! ¡Sorprendente! —dijo, mirando por el ocular.

—Déjame ver —dijo Jack poniendo la mochila en la mesa. A través del vidrio, vio el diminuto esqueleto de un caballito de mar—. ¡Grandioso! —exclamó.

—Ese caballito de mar es tan pequeño como un grano de azúcar —comentó Henry—. Pero, naturalmente, también me encantan las criaturas más grandes. Justo ayer pasé horas estudiando un hueso del oído de un delfín y un diente de tiburón.

—¿Y qué hay en todas esas botellas? —preguntó Annie señalando los estantes.

—Muchas curiosidades —contestó el científico—. Por ejemplo, esa grande tiene una criatura similar a un calcetín gigante. Algunos lo llaman pez cebo, pero no es un pez en absoluto. En realidad, está formado por millones de criaturas marinas muy pequeñas.

—¡Puaj! —exclamó Annie.

—Y aquella es una babosa marina muy extraña —comentó Henry señalando una pequeña masa amarilla, que flotaba en un líquido claro.

—Bonito color —dijo Jack.

—En los laboratorios se estudia todo lo recogido en el fondo del mar —comentó Henry—. Se miden e identifican los especímenes. Y luego se los preserva en alcohol, en botellas etiquetadas.

—¿Entonces, todas esas botellas están llenas de criaturas marinas muertas? —preguntó Annie.

—Oh no, muchas sólo contienen sedimento del fondo del mar —explicó Henry.

—¿Sedimento? —preguntó Jack.

—Es el nombre oficial para el lodo —comentó Henry sonriendo. Luego agarró uno de los platos de la mesa—. ¡Toquen esto! ¡Siéntanlo!

Annie y Jack pasaron los dedos por el lodo húmedo y pegajoso.

—*Sedimento* —repitió Jack—. Suena bastante científico.

Henry les dio un trapo para que se limpiaran las manos. Después, agarró un libro bastante grueso de la mesa.

—Estos son todos mis dibujos de especímenes —dijo abriendo el libro para que Annie y Jack vieran las bonitas conchas, plantas y mariposas, pintadas con acuarela.

—Son maravillosas —exclamó Jack, recordando los libros de anotaciones del estudio de Leonardo da Vinci.

—Qué bello —dijo Annie, estirándose por encima de la mesa para agarrar una concha blanca, redonda y brillante, con líneas café rojizo.

—Sí, es mi nautilo —respondió Henry.

—¿Es uno de tus especímenes? —preguntó Annie.

—No, no lo es para mí —contestó el científico—. Es mi tesoro. Creo que me encariñé demasiado con la criatura pequeña que vivía en el interior de la concha.

—¿Qué pasó? —preguntó Annie.

—Siempre nadaba en una pequeña tina que yo

tenía para él. Pero nadaba hacia atrás, se llenaba de agua y luego, ¡me echaba un chorro de agua! —explicó Henry sonriendo—. Me entristecí mucho cuando murió; ojalá lo hubiera devuelto al mar. Sé que es tonto pensar así.

—No, para nada —exclamó Annie.

De pronto, sonó la campana del barco.

—Hora de irnos —comentó Henry—. El capitán es muy estricto y llegar tarde va en contra de las reglas. Vayamos a la cámara de oficiales.

—¿Eso qué es? —preguntó Jack.

—Es el sitio donde comen los científicos y los oficiales navales —explicó Henry.

—Aggh... —exclamó Jack desganado. Sólo con pensar en comida, se sentía mareado.

—Sí. ¡Vengan! —dijo Henry apagando las lámparas—. ¡Acompáñennos a almorzar!

CAPÍTULO SEIS

Sopa de guisantes

Henry salió del laboratorio y cerró con llave. Annie y Jack lo siguieron por el corredor y luego bajaron por otro tramo de escalera empinada. Bajo la luz mortecina de la cubierta inferior, Jack vio a científicos y oficiales navales entrando por una puerta. Henry y sus dos amigos se colocaron detrás de todos y entraron en fila a la cámara de oficiales.

Aún con los chalecos salvavidas puestos, Annie y Jack se sentaron incómodos en un largo banco junto a una mesa. Casi todos empezaron a mirar-

los con curiosidad. El profesor sonreía, pero el capitán estaba muy serio.

—Pensé que nuestros amigos podrían acompañarnos en el almuerzo, señor —le dijo Henry al capitán—. En cuanto la tormenta termine regresarán a la costa, se lo prometo.

—Muy bien —contestó el capitán—. *Inmediatamente* después de que deje de llover.

—Sí, sí, señor —respondió Henry mirando a los otros oficiales—. Caballeros, permítanme presentarles a Annie y a Jack; son un par de americanos intrépidos.

—Hola —murmuraron los dos.

Con un gesto, oficiales y científicos saludaron cortésmente.

Los marineros de uniforme blanco comenzaron a traer platos y vasos a la mesa.

—¿Qué hay para almorzar, Henry? —susurró Annie.

—Lo de siempre —dijo él resoplando—: carne salada, pepinillos y galletas deshidratadas.

"Esto me va a hacer mal", pensó Jack.

Y tuvo razón. Cuando le sirvieron su porción, casi no podía mirar el plato y mucho menos comer. Sin embargo, estaba tan sediento que se tomó toda el agua de golpe.

Pero al instante, escupió todo en el vaso. El líquido era tan ácido, que empezó a toser y a hacer arcadas. Luego, cuando alzó la mirada, advirtió que todos lo miraban fijo, incluso el capitán.

—Disculpen —dijo Jack secándose la boca, colorado por la vergüenza.

—Te tragaste de golpe el jugo de limón, amigo —comentó el profesor—. Casi todos nosotros lo tomamos en sorbos pequeños.

—¿Jugo de limón? —preguntó Annie—. ¿Por qué?

—Previene el escorbuto —explicó el profesor—. Con un vaso diario de limón, tenemos vitamina C y evitamos las llagas y que se nos caigan los dientes.

—¡Puaj! —exclamó Annie.

—Si comes frutas y verduras no tendrás escorbuto —dijo el profesor sonriendo—. Aunque en un barco no es fácil mantener los alimentos frescos.

Jack no podía pensar en comer ni beber. Todo, en especial los pepinillos, le provocaba náuseas. Y el vaivén del barco tampoco lo ayudaba mucho.

—Parece que el mar está más revuelto —le dijo a Henry.

—Así es —contestó él. Se dio vuelta y espió por una ventana pequeña y redonda—. No se ve nada, el aire está espeso como sopa de guisantes.

“Ay, no —gimió Jack, para sí—. ¡Por favor, que no me hable de sopa!”.

De repente, el barco se sacudió y los platos y los vasos se estrellaron contra el piso. Annie se agarró de Jack. A su alrededor todo se balanceaba.

—¡Mantengan la calma! —dijo el capitán.

—Parece que la tormenta está arriba de nosotros —comentó el profesor.

El barco volvió a sacudirse. Más platos y vasos cayeron al piso y Annie y Jack casi se caen del banco. Sin embargo, oficiales y científicos, serenos pero con prisa, se pusieron de pie y salieron de la habitación como si supieran bien qué hacer durante el mal tiempo.

—Los llevaré a la bodega —les dijo Henry a los niños—. Esperaremos ahí hasta que las olas se apacigüen.

Cuando se pusieron de pie, el barco cabeceó violentamente. Henry agarró a Annie y a Jack

de los chalecos salvavidas y los sacó de la cámara de oficiales. Jack casi se resbala sobre el piso empapado. Sus pies descalzos aplastaron galletas y pepinillos. Jack trató de no pensar en eso.

Afuera en el oscuro corredor, el viento bajaba aullando por la escalera, bañando a todos con espuma de mar.

—Tengo que ir a ver cómo está mi laboratorio —les gritó Henry a Annie y a Jack—. ¡Bajen por las escaleras! ¡Me reuniré con ustedes en cuanto pueda!

—¡Iremos contigo! —dijo Annie.

—¡Es mejor que no se arriesguen! —sugirió Henry—. ¡Sigan a los demás! ¡Rápido! ¡Regresaré pronto!

Henry abrió la puerta de su laboratorio y desapareció adentro.

—¡Vamos abajo! —dijo Jack agarrando a su hermana de la mano, mientras oficiales y marineros descendían por la escalera.

Justo cuando Annie y Jack empezaron a bajar, el barco dio otra sacudida, al igual que el estómago de Jack. "¡No podré evitarlo, voy a vomitar!", pensó Jack. No quería hacerlo en las escaleras, en frente del capitán y todos los demás.

—¡Baja tú! ¡Ya vuelvo! —dijo Jack.

—¿Por qué? ¿Adónde vas? —gritó Annie.

—¡Hazme caso, baja! —insistió Jack corriendo hacia la cubierta superior.

Allí, la lluvia caía con fuerza. El viento bramaba. Las olas parecían montañas oscuras salpicando espuma hacia todos lados.

Al instante, Jack se dio cuenta que había cometido un error.

"¡Es mejor pasar vergüenza que ahogarse!", pensó. Justo cuando se dio vuelta para volver, se topó con Annie.

—¡Jack! —gritó ella—. ¿Qué haces aquí?

—¡Me equivoqué! —gritó olvidándose de los mareos—. ¡No tenemos que estar acá! ¡Bajemos! —Jack empujó a Annie hacia la escalera.

De repente, una ola gigante golpeó contra un costado del barco; Jack se cayó y patinó por la cubierta inundada de espuma. No se podía ver nada. El viento aullaba. Luego, trató de ponerse de pie, pero el aparatoso chaleco no se lo permitía.

Finalmente, cuando pudo hacerlo, otra ola impactó contra el costado del barco. Jack terminó de rodillas en el piso. Casi al instante, otra ola dio de lleno en la cubierta arrastrándolo por el piso, por encima del barandal del barco, ¡hasta lanzarlo al mar enfurecido!

CAPÍTULO SIETE

¡Socorro!

Jack cayó al agua helada. Sofocado, subió a la superficie y empezó a toser. El chaleco salvavidas lo mantenía a flote pero las olas seguían golpeándolo.

—¡Socorro! —gritó. La idea del tiburón tigre de veinte pies y el monstruo misterioso le taladraba la cabeza—. ¡Socorro! ¡Socorro!

En medio de sus gritos, oyó que alguien más gritaba.

—¡Socorro!

¡Era Annie! ¡La ola también la había tirado

a ella al mar enfurecido!

Agitando brazos y piernas, Jack trató de llegar a su hermana. Una ola la acercó hacia él pero justo cuando se iban a agarrar de la mano, otra ola alejó a Annie por completo.

—¡La vara, Jack! —gritó ella—. ¡Usa la vara!

"¡La vara! —pensó Jack—. ¡La Vara de Dianthus!". ¿Dónde estaba? ¡En su mochila! ¡Pero ya no la tenía! ¿Por qué?

Annie pensó que no la había oído y gritó de nuevo:

—¡Jack! ¡La vara! —gritó Annie.

—¡No la tengo! —gritó Jack, pero el rugido de la tormenta ahogó su voz.

Jack siguió braceando y dando patadas para llegar a Annie.

De repente, Jack sintió que su chaleco salvavidas estaba flojo. Cuando otra ola se estrelló contra él, una parte del chaleco se le desprendió.

Para no perderlo, lo aferró contra el pecho, pero el mar seguía golpeándolo y empujándolo como un verdadero monstruo.

Desesperado, Jack luchaba con el mar. De pronto, vio un chaleco salvavidas igual al suyo flotando cerca de él. ¡Era el de Annie! *Pero, ¿dónde estaba ella?*

—¡Annie! —gritó Jack mirando para todos lados. En ese instante, el mar lo golpeó de nuevo arrancándole el chaleco. Y otra ola le dio en la cabeza, hundiéndolo del todo.

En la profundidad oscura del océano, conteniendo la respiración, Jack volvió a luchar agitando los brazos y las piernas hasta subir a la superficie. El pánico se estaba apoderando de él. Desesperado, sacó la cabeza fuera del agua y respiró muy hondo. En ese momento, otra ola lo hundió nuevamente.

Jack se esforzó por nadar hacia arriba pero estaba muy cansado. Justo cuando se estaba quedando sin aire, ¡sintió que algo lo impulsaba hacia la superficie!

La cabeza de Jack salió por fin a la superficie. Abrió la boca y tomó aire. Los remolinos de olas espumosas seguían amenazando, pero Jack se mantenía a flote. Algo que rodeaba su cintura lo estaba sosteniendo.

Al principio, desesperado por respirar, no podía detenerse a pensar. Pero luego vio algo muy extraño y gigante que se desplazaba por el agua lentamente y muy cerca de él. Este monstruo tenía forma de paraguas y era de color gris con manchas oscuras.

Del centro del "paraguas" salía una cabeza enorme y redonda, con ojos amarillos y pupilas negras. Más abajo, sobresalían *muchos* tentáculos, muy largos, cada uno con una hilera doble de pequeñas ventosas, conectados entre sí por una gruesa red.

"¡Un pulpo gigante!", pensó Jack horrorizado. Éste era mucho más grande que el que habían visto una vez, pero esta vez, un tentáculo de la gigantesca criatura ¡estaba enrollado en su cintura!

—¡Socorro! —gritó Jack desesperado, tratando de liberarse del brazo grueso y gomoso.

El pulpo gigante lo apretaba con fuerza. Jack miró hacia todos lados aterrorizado. ¿Dónde estaría Annie?

—¡Jack, estoy aquí! —gritó ella.

Jack alzó la mirada. Annie estaba suspendida sobre el agua y uno de los tentáculos la tenía agarrada de la cintura.

Jack, aterrado y aliviado a la vez, gritó:

—¡Estamos atrapados! ¡Trata de escapar!

Intentó soltarse del enorme tentáculo pero cuanto más luchaba, más fuerte lo agarraba el largo brazo del pulpo.

—¡Quédate quieto, Jack!—gritó Annie—. ¡Vino a rescatarnos!

Jack no podía comprender. ¿Su hermana había enloquecido?

—¡Nos estrangulará y nos hundirá! —gritó Jack—. ¡Tenemos que *impedirlo!*

—¡No! ¡No es así! ¿No te das cuenta? —gritó Annie—. Nos salvó de ahogarnos.

"¿Qué...?", pensó Jack tratando de no entrar en pánico.

El tentáculo que lo envolvía por la cintura se sentía firme, pero no demasiado. Lejos de asfixiarlo, Jack sentía que el brazo del pulpo lo abrazaba como si un neumático de bicicleta lo sostuviera sobre el agua.

Jack notó que los enormes ojos amarillos de la criatura lo miraban. En ese instante comprendió que su hermana tenía razón. La criatura no trataba de lastimarlo. Todo lo contrario; parecía preocupado, intrigado y hasta un poco asustado.

Mirando al pulpo, Jack empezó a sonreír. Mientras el abrazo tentacular los subía y los bajaba, el miedo de Jack fue desapareciendo. Jamás había vivido un rescate tan extraño.

—Hola —dijo Annie mirando al pulpo—. ¡Venimos en son de paz!

Jack y Annie, deslumbrados, se echaron a reír. Incluso, el pulpo parecía estar divirtiéndose.

De repente, las risas fueron interrumpidas por el estruendo de una bocina. Jack oyó gritos. Levantó la vista y vio al HMS *Challenger* dirigiéndose hacia ellos.

CAPÍTULO OCHO

El monstruo marino

Los marineros, desde la cubierta superior, gritaban señalando el mar.

El pulpo gigante abrió sus tentáculos soltando a Annie y a Jack.

—¡El barco! —balbuceó Jack al caer al agua—. ¡Nada hacia el barco, Annie! —gritó en cuanto pudo sacar la cabeza fuera del agua.

Ambos empezaron a nadar hacia el *Challenger*. El cielo seguía cubierto de nubes y el mar estaba embravecido. Pero brazada tras brazada, Annie y Jack pudieron divisar la escalerilla en uno de los costados de la embarcación.

—¡A la vista! —gritó alguien desde arriba.

Jack alzó la mirada y vio a Henry y al profesor parados junto a la escalera.

—¡Suban rápido! —dijo Henry en voz muy alta.

—¡Vamos, niños! ¡De prisa! —gritó el profesor—. ¡Suban antes de que vuelva!

Jack y Annie nadaron a toda velocidad y subieron por la escalera. Henry y el profesor los ayudaron a subir a la cubierta. Luego, Henry los cubrió con unas frazadas de lana.

—¡Gracias a Dios están a salvo! —exclamó el profesor.

—¡Pensé que estaban en la bodega! —dijo Henry—. ¿Cómo fue que terminaron en el agua?

—La tormenta..., las olas..., —jadeó Jack temblando.

—Las olas nos tiraron al mar —añadió Annie.

—¿Pero qué hacían en la cubierta? —preguntó Henry.

—Estaba..., me sentía mareado —respondió Jack.

—Yo seguí a Jack, las olas gigantes nos arrastraron por la cubierta ¡y caímos al mar! —explicó Annie.

—Sobrevivimos por los chalecos —agregó Jack—. ¡Pero después los perdimos!

—Y luego apareció el pulpo y nos salvó —dijo Annie.

—¿Ese monstruo los *salvó?* —preguntó el profesor.

—No, no es un monstruo —contestó Jack—. ¡Es un pulpo gigante!

—¡Sí, el monstruo marino! Él no los salvó, niño —dijo el profesor—. ¡Es un milagro que no se los haya comido!

—Pero, no, él es..., no es un monstruo. Él no quería comernos —insistió Jack.

—¡Él nos salvó! —agregó Annie—. ¡Nos sostuvo fuera del agua!

—*¡Es la verdad!* —añadió Jack—. Nos mantuvo a flote para que no nos ahogáramos, pero se asustó con el barco y huyó.

—Ni siquiera le agradecimos, Jack. Ni nos des-

pedimos de él —dijo Annie.

Ambos se quedaron mirando el agua.

—Eh, ¿qué sucede allí? —preguntó Annie señalando la parte trasera del barco.

Los marineros, asomados al mar, gritaban sin parar.

—¿A qué le gritan? —preguntó Annie.

Ella y Jack tiraron las frazadas y en un segundo atravesaron la cubierta. Joe y Tommy estaban a unos pasos de la multitud.

—¿Qué hacen? —gritó Annie—. ¿Qué sucede?

—¡Lo atraparon con la red! —gritó Tommy.

—¡Por fin agarramos a la bestia! —gritó Joe.

—¿Lo atraparon? —Annie miró a Jack.

—¡Vamos! —gritó Jack.

Ambos se abrieron paso entre la gente.

—¡Niños, deténganse! —dijo el profesor corriendo detrás—. ¡Salgan del medio!

Pero Annie y Jack siguieron avanzando, hasta que se asomaron al barandal del barco.

El pulpo gigante estaba enredado en la red, agitando el mar con los tentáculos.

El cuerpo se le había puesto rojo brillante. Una nube de tinta oscura flotaba alrededor de él.

—¡Lo lastiman! —chilló Annie—. ¡Déjenlo en paz!

—¡Salgan de aquí! —vociferó un marinero.

Algunos marineros le gritaban groserías al pulpo. Otros parecían aterrados. Incluso el capitán parecía haber entrado en pánico.

—¡Hacia atrás! —gritó—. ¡Podría llegar a hundir el barco!

—¡Eso es una locura! —chilló Jack—. ¡Suéltenlo!

—¡Tiene los tentáculos tan duros como el acero! —gritó otro marinero.

—¡No, no es así! ¡Son suaves! —gritó Annie—. ¡Nos salvaron de ahogarnos!

Pero todos siguieron gritando:

—¡Quiere carne humana!

—¡Se comería a un hombre de un bocado!

—¡Quiere sangre!

—*¡Nada* de eso es cierto! —estalló Annie.

—¡Tírenle con los arpones! —dijo el capitán.

—¡No! —suplicó Annie.

—¡No! —rugió Jack.

—¡Los niños tienen razón! —gritó el profesor. Él y Henry se habían abierto paso entre la multitud y estaban parados detrás de Annie y Jack.

Jack se sintió aliviado.

—¡Ya oyeron lo que dijo el profesor! —chilló Annie.

—¡No lo mate, capitán! —rugió el profesor—. ¡Súbanlo a bordo!

—¡¿Cómo?! —exclamó Jack.

—¡Captúrenlo vivo! —dijo el profesor—. ¡Podremos estudiarlo!

—No, déjenlo ir —insistió Jack—. ¡Suéltenlo para que sea libre!

—¡Por favor! —gritó Annie—. ¡Déjenlo ir!

Pero ni el capitán ni el profesor parecían escuchar a Annie y a Jack; estaban muy ocupados discutiendo qué hacer con el pulpo gigante.

—¡Hay que matarlo, profesor! —dijo el capitán— ¡Podría agarrar el casco del barco y arrastrarlo al fondo del mar!

—¡La ciencia lo necesita vivo! —dijo el profesor—. ¡Al menos, hasta examinarlo!

El pulpo, como intentando protegerse, se envolvió con los tentáculos.

Annie se echó a llorar.

—¡Henry, sálvalo! ¡No permitas que lo maten! ¡O que lo capturen! —gimió Annie.

Henry también estaba apenado.

—¡Disculpen, señores! —gritó—. ¡La niña tiene razón! ¡Debemos soltarlo!

Sin embargo, nadie escuchó a Henry.

—¡Jack! —gritó Annie con lágrimas en las mejillas—. ¡Tenemos que salvarlo!

—¿Cómo? ¡Ya hicimos todo lo que estaba a nuestro alcance! —dijo Jack.

Pero entonces, sus propias palabras lo ayudaron a recordar qué debía hacer, *exactamente.*

CAPÍTULO NUEVE

¡Piensa! ¡Piensa!

—¿Donde está mi mochila? —le gritó Jack a Annie.

—¿Qué? —preguntó ella.

—¡La mochila! —repitió Jack.

—No te preocupes por eso —contestó Annie.

—¡La vara! ¡La vara! —insistió Jack.

—¡Ah! —exclamó Annie—. ¡La vara mágica!

—¡Tenemos que encontrar mi mochila! ¡Rápido! —dijo Jack.

Ambos se abrieron paso entre la gente y, a toda prisa, atravesaron la cubierta.

—¿La tenías en el bote? —gritó Annie.

—¡Sí! ¡No! ¡No lo sé! —contestó Jack—. ¡No lo recuerdo!

—¡Piensa! ¡Piensa! —suplicó Annie.

Jack trató de hacer memoria.

"¿Tenía la mochila en el bote? ¿Qué pasó en el viaje? ¡Me sentí mareado! ¡Y… me puse la mochila contra el pecho!".

—¡Recordé! —gritó—. ¡Cuando subimos al barco tenía la mochila!

—¡Entonces tiene que estar aquí! —dijo Annie.

—¡En la cámara de oficiales! —añadió Jack.

—¡Vamos, rápido! —agregó Annie.

De un salto bajaron los dos tramos de escalones, entraron en la cámara, pero… ¡la mochila no estaba!

—¡En el laboratorio de Henry! —sugirió Annie.

—¡Sí! ¡Sí! ¡Está allí! —gritó Jack—. Ahora lo recuerdo, la dejé arriba de la mesa, cuando miré por el microscopio.

Los dos subieron por los escalones hasta el laboratorio. Quisieron abrir la puerta, pero estaba cerrada con llave.

—¿Qué podemos hacer? —preguntó Annie.

—¡Necesitamos a Henry! —dijo Jack.

—¡No hay tiempo! —agregó Annie.

—¡No tenemos opción! —insistió Jack.

—¡Vamos por Henry! —dijo Annie.

A toda velocidad subieron a la cubierta superior.

La tripulación aún estaba reunida allí, gritando y discutiendo acerca del pulpo.

¡Henry se acercó a Annie y a Jack!

—¡Ayúdanos, por favor, Henry! —suplicó Annie, agarrándolo del brazo—. ¡Tienes que abrir la puerta de tu laboratorio! ¡Necesitamos la mochila de Jack! ¡Es una cuestión de vida o muerte! *¡De prisa!*

—¿Por qué? ¿Qué sucede? —balbuceó Henry.

—¡Te lo explicaremos después! —contestó Jack.

—¡Sólo, apúrate! —agregó Annie.

Henry se veía confundido pero, rápidamente, bajó por las escaleras hacia su laboratorio. Annie y Jack lo seguían casi empujándolo para que se apurara.

El científico sacó la llave y abrió el cerrojo.

Annie y Jack entraron corriendo.

—¡Sí! —exclamó Jack.

¡La mochila estaba donde la había dejado!

Sin perder tiempo, la abrió y sacó la Vara de Diantus. La pequeña vara plateada brillaba con la luz de la habitación.

—¿Y eso qué es? —preguntó Henry.

—¡Te lo explicaremos luego! —respondió Annie.

—¡Vamos, regresemos arriba! —sugirió Jack.

—¡No hay tiempo! —gritó Annie—. ¡Úsala, Jack! ¡Di algo antes de que lo lastimen!

Jack alzó la vara mágica.

—¡Cinco palabras! —agregó Annie.

—Lo sé —contestó él. Pero, ¿qué palabras? ¡Aquella era su última oportunidad!

—¡Apúrate! —dijo Annie.

—¡Eso hago! —contestó Jack—. Pero no lo salvaremos sólo por hoy. Debemos asegurarnos de que nadie de este barco, ni de ningún otro, lo lastime jamás.

Jack cerró los ojos y visualizó al pulpo gigante…, su cuerpo, con forma de paraguas, sus largos tentáculos, sus ojos amarillos, su mirada curiosa y tímida.

"Es increíble que exista un ser tan asombroso; un animal marino gigante. Un verdadero milagro de la naturaleza", pensó Jack.

Quería que todos lo supieran, pero nadie lo escucharía. A menos que…

—¡Apúrate, Jack! ¡Las palabras! —insistió Annie.

—¡Que todos escuchen la verdad! —Las palabras le salieron de golpe.

—¿Qué? —preguntó Annie.

—¡Que-todos-escuchen-la-verdad! —repitió Jack, con los ojos aún cerrados—. ¡Mi deseo es que todos en este barco, sepan la verdad acerca del pulpo!

—¿De qué hablas? —preguntó Henry—. ¿Qué es eso que están agitando?

Jack abrió los ojos y, mirando a Annie, sacudió la cabeza.

—¡Es una vara mágica! —le dijo Annie a Henry.

—En realidad… —agregó Jack, tratando de pensar en algo que decir.

—Oh, ya entiendo... sólo están jugando. Ah, niños... —respondió Henry, sonriendo con tristeza.

—¡*Somos* niños y *nos encanta* jugar! —dijo Annie—. ¡Vayamos a decirles la verdad, Jack!

CAPÍTULO DIEZ

El corazón del mar

Jack guardó la vara en la mochila. Luego, él y Annie salieron corriendo del laboratorio. Henry los siguió.

Los tres subieron por las escaleras a toda prisa. Cuando llegaron a la cubierta superior, los marineros seguían discutiendo y gritándose. Annie y Jack, casi a los codazos, avanzaron hasta el barandal del barco.

El pulpo, aún en la red, teñido de rojo y aterrado, tenía la cabeza escondida. Los marineros habían reunido todas las armas que tenían. Algu-

nos apuntaban a la criatura con arpones; otros, con cuchillos y pistolas.

—¡Deténganse! —gritó Annie.

—¡No le hagan daño! —gritó Jack.

—¡Atrás! —vociferó el capitán.

—¡Lo necesitamos vivo! —suplicó el profesor—. ¡Déjeme examinarlo antes de que lo maten, capitán! ¡Por favor! !Dé la orden de no disparar!

De repente, alguien disparó un arpón contra la criatura. Sin embargo, el tiro dio de lleno en el agua.

—¡No! —gritó Annie.

—¡Escúchennos! ¡Tienen que saber la verdad! —Jack, parado sobre el barandal, habló con toda su fuerza—. ¡No toquen al pulpo! —gritó—. ¡Él no los va a lastimar! ¡Merece vivir en paz en el mar! ¡Es un milagro de la naturaleza!

Pero nadie lo escuchó; ni siquiera le prestaron atención.

—¡Basta! ¡Escuchen! —agregó Annie—. ¡Dijimos la verdad! ¡Libérenlo!

—¡Aparten a los niños! —rugió el capitán—. ¡Ahora!

Tommy y Joe agarraron a Annie y a Jack.

—¡Suéltennos! ¡Tienen que escucharnos! —gritó Annie forcejeando con los marineros a las patadas. Finalmente, ella y Jack pudieron soltarse.

—¡Ella tiene razón! ¡Deben saber la verdad! —insistió Jack, volviendo al barandal—. ¡El pulpo es feliz donde está! ¡Es diferente de las personas, pero es un milagro maravilloso!

Nuevamente nadie parecía prestar atención, a pesar de los ruegos desesperados de los niños.

—¡Jack, la magia no funcionó! —dijo Annie.

—¡Lo sé! —contestó él desesperado.

¡Nadie quería escuchar la verdad! *¿En qué se habían equivocado?* Habían seguido las reglas: estaban tratando de ayudar a alguien, no a ellos mismos. Habían hecho todo lo posible antes de usar la vara y habían usado las cinco palabras.

—¡Miren al monstruo! —gritó un marinero.

Annie y Jack miraron hacia el mar.

El pulpo gigante había alzado la cabeza y la había sacado del agua.

—¡DEJJJJJJEENN...! —El sonido se oyó como un susurro del viento.

La tripulación, pasmada, bajó las armas y retrocedió.

—¡Ha-habla! —gritó un marinero.

—¡QUEEEE...! —Esta vez se oyó un murmullo salvaje como si viniera del bosque.

—¡VUEEELVAAAA...! —La palabra, como encantada, retumbó como el sonido de un gong antiguo.

—¡A CAASSSAAA...! —La tristeza de la voz parecía venir del corazón del océano.

—¡NOOOSOOYYYUNNMOONSTRUOOOO!

De golpe, el pulpo cayó del nuevo al agua. Todos, marineros y científicos, quedaron estáticos y aterrados.

La voz de Annie rompió el silencio.

—¿Lo oyeron? Dijo: "Dejen que vuelva a casa. No soy un monstruo".

En el barco, todos se miraban atónitos.

—Sí, eso es lo que dijo —agregó un hombre—. Lo oí claramente.

—Yo también lo escuché —dijo otro.

—Es una señal —comentó un marinero—. No podemos lastimarlo…

—Ni a ninguno como él —añadió otro.

Todas las miradas apuntaron al capitán, que seguía inmóvil mirando al pulpo gigante en la red. El capitán miró al profesor. Este tenía la boca abierta pero no podía emitir palabra.

El capitán miró a Annie y a Jack.

—¡Por favor, escúchelo! ¡Le dijo la verdad! —dijo Annie.

El capitán miró al pulpo por un largo rato. Después levantó la mano y bajito dijo:

—¡Libérenlo!

Los marineros lentamente bajaron los arpones, las pistolas, hachas y sogas.

—Señor, le solicito permiso para cortar la red —le dijo Henry al capitán.

Él asintió con la cabeza.

—Permiso otorgado, señor Moseley —contestó el capitán.

—Ayúdenme —dijo Henry mirando a Annie y a Jack.

—¡Seguro! —respondió Jack.

—Nosotros también vamos —dijo Joe.

Joe y Tommy siguieron a los tres hacia una hilera de pequeños botes de la cubierta. Los marineros bajaron uno de los botes al agua. Luego, los cinco bajaron por la escalera y subieron a la pequeña embarcación.

Arriba, todos miraban desde el barandal. Joe y Tommy remaron junto al barco hasta llegar a la red. Luego, mantuvieron el bote estable con los remos.

—Agarren la red —les dijo Henry a Jack y a Annie.

Jack estiró la mano y alcanzó un extremo de la red. Henry, con un cuchillo grande, cortó las cuerdas.

El bote se balanceaba violentamente, pero Jack nunca se sintió mareado.

Annie, Henry y Jack tiraron la red en el bote. Jack se quedó observando al pulpo. Este le devolvió la mirada con sus grandes ojos amarillos.

Moviendo los tentáculos parecía una flor gigante. El color rojo brillante había vuelto a ser gris.

—¡Adiós, bonito! —dijo Annie con suavidad—. Vete a casa.

El pulpo levantó dos tentáculos en señal de despedida, se sumergió y desapareció.

CAPÍTULO ONCE

¡Adiós, compañeros!

Jack miró hacia arriba. El capitán, el profesor y la tripulación contemplaban el agua en silencio.

Henry le hizo un saludo al capitán y él se lo devolvió. En la cubierta, todos empezaron a aplaudir.

En el cielo, como si alguien hubiera corrido una cortina, las nubes habían desaparecido dejando un azul intenso con destellos rojos y rosados.

Poco a poco, todos se fueron serenando.

—¡Dejemos estas aguas en paz! —exclamó el capitán— ¡Desplieguen las velas! ¡Calderas, a todo vapor!

Henry se dio vuelta y miró a Annie y a Jack.

—Mientras preparan el barco podríamos llevarlos a la costa, ¿les parece? —sugirió.

—Sí, por favor —contestó Annie.

Jack sólo asintió con la cabeza. Estaba exhausto.

Mientras Joe y Tommy remaban, el viento se transformó en una brisa muy suave.

—Creo que la noche estará clara y bella —comentó Tommy.

—Y mañana también —agregó Joe—. Seguro tendremos viento favorable.

—Buenas condiciones para navegar —añadió Tommy.

Ya cerca de la costa, ambos saltaron del bote. Chapoteando entre las olas, aproximaron el bote a la orilla del mar. Annie y Jack se bajaron de un salto. Henry bajó detrás de ellos.

—¡Gracias! —les dijo Jack a los marineros.

Henry acompañó a sus amigos hasta las dunas.

—¿Están seguros de que estarán bien? —les preguntó—. ¿Qué harán cuando oscurezca?

—No te preocupes —contestó Jack—. Estaremos con nuestros padres mucho antes.

—Qué afortunados —exclamó Henry entristecido—. Ojalá yo pudiera ver a mi familia antes del anochecer.

—Espero que tengan un buen viaje —comentó Annie.

—Y yo espero que aprendan mucho —dijo Jack—. ¡Adiós!

—Esperen, niños, antes de que se marchen quiero darles algo —añadió Henry. Metió la mano en el bolsillo de su chaleco y sacó una concha de nautilo—. Fue por ella que corrí a mi laboratorio durante la tormenta, ¡tenía que salvarla! Ahora quiero que sea de ustedes.

—Ay, no, Henry, tú la amas, quédate con ella —dijo Annie.

—Es verdad, la amo —respondió él—, pero deseo que sea de ustedes. Hoy ustedes me enseñaron…, a todos…, una lección importante. Cuando en el mar se lastima a una criatura inocente, ese es un día negro. Según el profesor, a través del cono-

cimiento se puede vencer el miedo. Pero ustedes nos enseñaron que es mucho mejor derrotarlo con la compasión. Incluso, para nosotros los científicos, nuestro deber es ser siempre compasivos con todas las criaturas vivientes. La compasión que tuve por la criatura que vivió en esta concha, me hizo muy feliz.

"¡Ay, cielos! —pensó Jack—. ¡Este es el tercer secreto!".

Henry sostuvo en la mano la brillante concha de nautilo. Annie la agarró con delicadeza y dijo con cariño:

—Gracias, Henry. La vamos a cuidar bien, lo prometemos.

—Gracias a ti —añadió él llevándose la mano a los ojos—. Bueno, debo decir adiós. Disfruten del resto de sus vacaciones.

Henry saludó y, antes de que Annie y Jack pudieran decir algo, el científico se dio vuelta y caminó hacia el bote rápidamente.

—Vámonos —sugirió Annie.

Caminaron alrededor de las dunas, atravesaron la vegetación y llegaron a la escalera colgante. Cuando entraron en la casa del árbol, se asomaron a la ventana. El pequeño bote se deslizaba sobre las aguas brillantes, bajo los rayos del sol, camino al HMS *Challenger*.

—¡Adiós, compañeros! —exclamó Jack.

—¡Nuestra misión! —dijo Annie, como si la acabara de recordar—. ¿Y el secreto de la felicidad?

—Ya lo tenemos —contestó Jack sonriendo—. Lo dijo Henry: uno de los secretos de la felicidad es ser compasivo con todas las criaturas.

—¿Compasivo? —preguntó Annie.

—Sí, quiere decir, ser solidario y amoroso con ellas —explicó Jack.

—Ah, claro —respondió Annie, muy segura—. Amar a otras criaturas me hace muy feliz, no entiendo por qué algunas personas no lo entienden.

—No lo sé —agregó Jack.

—Qué mal que para darse cuenta tengan que ver un milagro; un pulpo hablando, por ejemplo —comentó Annie.

—Te entiendo, Annie —añadió Jack—. ¡El verdadero milagro es que un pulpo simplemente sea lo que es!

—Y la concha de Henry; la pequeña criatura que vivía allí, también lo era —agregó Annie sosteniendo el nautilo.

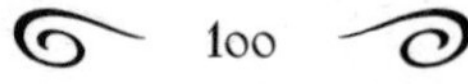

Jack agarró la concha y con cuidado la guardó en la mochila.

—Esta concha nos ayudará a recordar el secreto —dijo.

—Creo que siempre lo supimos —agregó Annie—. Henry sólo lo puso en palabras. Bueno, ya vámonos, Jack.

Annie agarró el libro de Pensilvania y buscó el dibujo del bosque de Frog Creek.

—¡Deejaaa quee volvaamooss aa caassaa! —exclamó, imitando la voz del pulpo.

Jack sonrió y quiso decirle a Annie que hablara con su voz, pero, no bien comenzó a hablar, la casa del árbol empezó a girar.

Más y más rápido cada vez.

Después, todo quedó en silencio.

Un silencio absoluto.

La lluvia caía suavemente sobre el techo de la casa mágica.

—Adoro estar en casa —dijo Annie.

—Yo también —agregó Jack, con un suspiro.

Se pusieron los cascos de ciclista y las zapatillas. Luego, Jack sacó el libro de la mochila, y lo dejó en la pequeña biblioteca.

—Sólo deseo ir a nuestra casa para estar seca y abrigada con papá y mamá —dijo Annie.

—Yo también —añadió Jack—, y para leer uno de mis nuevos libros de la biblioteca.

—Y para cenar —agregó Annie.

—Una *buena* cena —comentó Jack—. Sin galletas viejas, jugo de limón *ni* sopa de guisantes.

—¿Sopa de guisantes? —preguntó Annie.

Pero Jack ya estaba bajando por la escalera colgante.

—Y después, leer un rato más e irme a la cama —continuó Jack.

—Una cama seca, en una casa abrigada —dijo Annie.

—Ajá —exclamó Jack ya sobre el pasto mojado—. Creo que el pulpo también quería irse a su casa. ¿Tendrá nombre?

—Pues... su nombre debe de ser... *¡Charles!* —dijo Annie.

—Me gusta —dijo Jack, sonriendo—. ¿Tendrá esposa e hijos pulpo?

—Claro, y seguro no verá la hora de estar con ellos para abrazarlos con sus ocho brazos —añadió Annie.

Jack se echó a reír.

—Tienes razón —dijo.

Luego, se alejaron de la casa del árbol pedaleando por el bosque de Frog Creek.

La lluvia caía con más fuerza, pero eso no importaba. Annie y Jack iban camino a casa.

Notas de la autora

Cuando decidí escribir acerca de las profundidades del océano, no tenía idea de dónde situar la historia ni qué nueva aventura crear. Sin embargo, al iniciar mi investigación, descubrí información emocionante acerca de las expediciones oceánicas del siglo XIX. En esa época, los barcos surcaban los mares no en busca de nuevas tierras, sino con el fin de estudiar el fondo del mar, la vida subacuática y la estructura del mundo submarino. Muchos escritores se obsesionaron con el tema, contando historias acerca de tales travesías. La más famosa fue *20.000 leguas de viaje submarino*, de Julio Verne.

Para mi historia de ficción elegí el HMS *Challenger,* un navío inglés que navegó cerca de 70.000 millas, entre los años 1872 y 1876. Los científicos británicos que viajaron a bordo del barco descubrieron más de cuatro mil especies de criaturas marinas. Además de la recolección de una gran cantidad de plantas y animales, estos descubrimientos brindaron al mundo una nueva visión acerca del fondo del océano; su profundidad y estructura de su suelo, sobre el que también existen montañas, al igual que existen fuera del agua.

En el siglo XIX, la recolección de conchas era sumamente popular; la más buscada era el nautilo con cámara. Investigando, descubrí que durante los viajes del HMS *Challenger*, capturaron un ejemplar con vida de esta especie en el Pacífico Sur. Cuando el nautilo fue colocado en una tina, la criatura que vivía en la concha empezó a nadar, lanzando agua. Imagino que pudo ser este el ejemplar del que Henry se enamoró.

El personaje de Henry nació a partir de un científico que realmente viajó en el *Challenger.*

Su nombre era Henry Moseley y tenía veinte años cuando el viaje comenzó. Amaba las ciencias naturales y se convirtió en uno de los investigadores más importantes de su época. El científico jefe del barco era Charles Wyville Thomson, un brillante profesor escocés.

Todos los científicos del *Challenger*, exploradores muy valientes, fueron los padres de la oceanografía, una rama del conocimiento que estudia los mares y océanos de la Tierra. Hoy en día, los oceanógrafos de todo el mundo estudian el cambio climático, el calentamiento global, la contaminación acuática y temas relacionados. Todos trabajan duro para proteger la valiosa vida del fondo del mar.

A continuación un avance de

LA CASA DEL ÁRBOL® #40
MISIÓN MERLÍN

El regalo del pingüino emperador

Annie y Jack, en su búsqueda de otro secreto de la felicidad, llegan a la Antártida y se encuentran con... ¡un grupo de pingüinos!

CAPÍTULO UNO

¡Sonríe!

Era una fría tarde de noviembre. Jack rastrillaba las hojas secas. Los gansos graznaban en el cielo.

—Sonríe —dijo Annie, enfocando a su hermano con la cámara fotográfica.

—Nada de fotos por ahora —contestó él.

—Vamos, ¡sonríe! —insistió Annie.

Jack puso cara de tonto y sonrió.

—Uf, sonríe de *verdad* —agregó Annie—. Esta foto es para un proyecto escolar acerca de la familia.

Jack cruzó los ojos y puso más cara de tonto.

—Bien, si así lo quieres… —dijo Anny—. Voy a ir al bosque…

—Buena idea —contestó Jack.

—Quizá haya vuelto la casa del árbol —comentó Annie.

—Siempre dices eso cuando quieres que deje lo que estoy haciendo y te acompañe —añadió Jack.

—Tal vez Teddy y Kathleen estén esperándonos —insistió Annie.

—Sí, seguro —respondió Jack.

—Y quizá quieren que vayamos a buscar el cuarto secreto de la felicidad para Merlín —dijo Annie—. Seguro van a mandarnos a un lugar espectacular.

—Bueno, así lo espero. Diviértete. Debo terminar de rastrillar las hojas antes de que oscurezca. —Cuando Jack miró el cielo, alcanzó a ver un rayo de luz cruzando por encima del bosque de Frog Creek—. ¡Huy! ¿Viste eso, Annie? —preguntó, sonriendo.

—¡Mantén esa sonrisa! —dijo Annie, agarrando su cámara—. ¡Perfecto! ¡Gracias!

—Pero, ¿viste eso? —insistió Jack—. Esa luz que cruzó por encima del bosque.

—¡Ja, ja! —exclamó Annie.

—¡Es verdad! ¡Vi una luz brillante! ¡Espera un segundo! —Jack dejó el rastrillo y corrió hacia la casa gritando—. ¡Mamá! ¡Papá! Annie y yo iremos a caminar, ¿de acuerdo?

—Está bien —respondió su padre—, ¡pero regresen antes del anochecer!

—¡Abríguense! —agregó la madre.

—¡Lo haremos! —Jack abrió el armario del recibidor, sacó dos gorros y dos bufandas y dijo—: ¡Listo, ya podemos irnos!

Ella puso la cámara fotográfica en el bolsillo de la chaqueta y salió corriendo con Jack. Cruzaron la calle y se dirigieron al bosque de Frog Creek, ya sombrío por el crepúsculo. Caminaron por un sendero de hojas secas hasta toparse con el árbol más alto.

¡La casa del árbol estaba allí! Kathleen y Teddy, enfundados en capas oscuras, estaban asomados a la ventana.

—¡Hola! ¡Hola! —gritó Annie.

—¡Pensábamos ir a buscarlos! —dijo Kathleen—. ¿Cómo supieron que estábamos aquí?

—¡Vi la luz! —contestó Jack.

—¡Suban! —dijo Teddy.

Rápidamente, Annie y Jack subieron por la escalera colgante. Al entrar en la casa mágica, abrazaron a sus amigos.

—¿Ya es hora de ir a otra misión? —preguntó Annie.

—¡Así es! —respondió Kathleen.

—Y es bastante urgente —agregó Teddy.

—Merlín está decayendo muy rápidamente —dijo Kathleen, pestañeando para no llorar.

—¡Ay, no! —exclamó Annie.

—Morgana quiere que encuentren el último secreto de la felicidad *hoy* mismo —agregó Teddy—. Luego, deberán ir a Camelot para llevarle a Merlín los cuatros secretos. ¿Recuerdan los otros tres?

—¡Claro! —dijo Jack—. Los tres obsequios que tengo en la mochila nos ayudan a recordarlos.

—Un poema, un dibujo y una concha —agregó Annie.

—Bien —contestó Teddy—. Este es el lugar en el que buscarán el último secreto.

Sacó un libro de debajo de la túnica y se lo dio a Jack.

En la tapa, se veía un volcán, rodeado de hielo y nieve. El título decía:

—¿La Antártida? Allí no hay casi nada —dijo Jack—. Lo estudiamos en la escuela. ¿Dónde quieren que busquemos el secreto?

—No lo sé, pero con esta rima de Morgana se guiarán —contestó Kathleen, dándole a Annie una hoja de pergamino.

Ella leyó la rima en voz alta:

Para el último secreto, dejarán que los lleven
a una montaña ardiendo, cubierta de hielo y nieve,
sobre ruedas y por el aire. Si algo se desmorona,
pronto verán la Cueva de la Antigua Corona.
Luego, rápido a Camelot, llegando el final del día,
que Merlín no pierda la vida por falta de alegría.

—¿Perder la vida? —preguntó Annie.

—Me temo que sí —respondió Teddy.

—No entiendo —dijo Jack—. Este poema dice que iremos a un lugar de fantasía; un sitio con "una montaña ardiendo" y "una Cueva de la Antigua Corona", pero la Antártida existe, es totalmente real.

—Así es, la rima de Morgana también es un misterio para mí —comentó Teddy.

—Pero aún tienen la Vara de Dianthus, ¿verdad? —preguntó Kathleen.

—Sí —Jack abrió la mochila, sólo para asegurarse de que allí estuviera la reluciente vara de unicornio.

—Bien —dijo Kathleen—. ¿Recuerdan las tres reglas?

—Seguro —contestó Annie—. Su magia sólo funciona si se la usa para el bien de otros. Sólo una vez que hayamos hecho nuestro mayor esfuerzo. Y sólo, pidiendo un deseo de *cinco* palabras.

—Excelente —exclamó Teddy.

—Ojalá vinieran con nosotros —dijo Jack.

—Debemos volver con Morgana para ayudar a Merlín —comentó Kathleen—. Pero ustedes son muy valientes e inteligentes y podrán con la misión sin la ayuda de nadie.

Jack, tímidamente, asintió con la cabeza. Al escuchar a Kathleen, se sintió más seguro.

—Cuando tengan el secreto, deberán ver a Merlín de inmediato —indicó Teddy—. Sólo señalen la palabra Camelot en la rima de Morgana y pidan el deseo de ir allá.

—Comprendido —dijo Annie.

—Ahora vayan rápido —añadió Kathleen—. Y, ¡buena suerte!

—Hasta pronto —respondió Annie.

Jack respiró hondo y señaló la tapa del libro.

—¡Deseamos ir a este lugar! —exclamó con firmeza.

El viento empezó a soplar.

La casa del árbol comenzó a dar vueltas.

Más y más rápido cada vez.

Después, todo quedó en silencio.

Un silencio absoluto.

Mary Pope Osborne

Es autora de numerosas novelas, libros ilustrados, colecciones de cuentos y libros de no ficción. Su colección La casa del árbol ha sido traducida a muchos idiomas en todo el mundo, y es ampliamente recomendada por padres, educadores y niños. Estos libros permiten a los lectores más jóvenes, el acceso a otras culturas y distintos períodos de la historia, así como también, el conocimiento del legado de cuentos y leyendas. Mary Pope Osborne y su esposo, el escritor, Will Osborne, autor de *Magic Tree House: The Musical*, viven en Connecticut, con sus tres perros. La señora Osborne es coautora de Magic Tree House® Fact Trackers, con Will y su hermana, Natalie Pope Boyce.

Sal Murdocca es reconocido por su sorprendente trabajo en la colección La casa del árbol. Ha escrito e ilustrado más de doscientos libros para niños, entre ellos, *Dancing Granny,* de Elizabeth Winthrop, *Double Trouble in Walla Walla,* de Andrew Clements y *Big Numbers,* de Edward Packard. El señor Murdocca enseñó narrativa e ilustración en el Parsons School of Design, en Nueva York. Es el libretista de una ópera para niños y de algunos cortometrajes. Sal Murdocca es un ávido corredor, excursionista y ciclista. Ha recorrido Europa en bicicleta y ha expuesto pinturas de estos viajes en numerosas muestras unipersonales. Vive y trabaja con su esposa Nancy en New City, en Nueva York.